가난한 아침

황금알 시인선 163

가난한 아침

초판발행일 | 2017년 11월 30일

지은이 | 정경해
펴낸곳 | 도서출판 황금알
펴낸이 | 金永馥
선정위원 | 김영승 · 마종기 · 유안진 · 이수익
주간 | 김영탁
편집실장 | 조경숙
표지디자인 | 칼라박스
주소 | 03088 서울시 종로구 이화장2길 29-3, 104호(동숭동)
물류센타(직송 · 반품) | 100-272 서울시 중구 필동2가 124-6 1F
전화 | 02)2275-9171
팩스 | 02)2275-9172
이메일 | tibet21@hanmail.net
홈페이지 | http://goldegg21.com
출판등록 | 2003년 03월 26일(제300-2003-230호)

ⓒ2017 정경해 & Gold Egg Publishing Company Printed in Korea

값은 뒤표지에 있습니다.

ISBN 979-11-86547-82-3-03810

*이 책 내용의 전부 또는 일부를 재사용하려면 반드시 저작권자와 황금알 양측의
  서면 동의를 받아야 합니다.
*잘못된 책은 바꾸어 드립니다.
*저자와 협의하여 인지를 붙이지 않습니다.
*이 시집은 2017년 인천문화재단 창작지원금을 받아 제작되었습니다.
*이 도서의 국립중앙도서관 출판예정도서목록(CIP)은 서지정보유통지원시스템
  홈페이지(http://seoji.nl.go.kr)와 국가자료공동목록시스템(http://www.nl.
  go.kr/kolisnet)에서 이용하실 수 있습니다.(CIP제어번호: CIP2017031372)

가난한 아침

정경해 시집

황금알

빵을 구웠다

이번에는
재료 선택과 반죽의 숙성,
오븐의 온도

삼박자가 잘 어우러져
맛있게 만들어졌을까?

부끄러운지도 모르고
나눠 드리고 싶다

초겨울 송도산방에서
정경해

차 례

2부

3부

1부

성자聖者

거리 위 성자 한 분,

지나가던 사람들
알맹이는 쏙 빼 먹고 껍데기만 주어도 고맙게 받는다

비틀비틀 취객 다가와
꾸역꾸역 토한 육두문자 한 사발 두 손으로 공손히 받
는다

너덜너덜 인심 쓰듯 던져주는 것들
묵묵히 받으며 군소리 하나 없다

사람-새끼 개-새끼 시도 때도 없는 세례에
등 마를 날 없는

저기,
굽은 등 웅크린 성자

쓰레기통 앉아 있다

감자 눈

감자껍질을 벗기다
싹이 돋은 감자 눈을 파낸다
귀찮은 듯 무심히 도려내다
왠지 감자의 생각을 싹둑싹둑
자르는 것 같아 감자에게 미안하다
어두운 상자 안에서 얼마나 외로웠으면
이렇게 독한 말들을 남긴 걸까
문득, 감자를 보내주신 아버지를 떠올린다
하나밖에 없는 딸이 궁금해
어쩌다 전화를 걸면 늘 바쁘다고
단번에 말을 자르는 딸
아버지는 매몰차게 잘린 말들을 보며
무슨 생각을 하셨을까
시골집 한구석 컴컴한 방에 누워
혼잣말로 밤을 지새운,
못다 한 그 말들이
암으로 자라난 걸까
설거지통에
뭉텅뭉텅 잘린 아버지의 말들이
감자 눈을 끌어안고 울고 있다

황태 날다

이월의 바닷가
황태가 훨훨 난다
하얀 눈 맞으며 날개 퍼득인다
매몰찬 바람
변심한 애인처럼 돌아서는 덕장에서
얼얼한 근육 꿈틀댄다
긴 습지의 시간 속에서
꿈꾸던 날갯짓
눈 부신 햇살 향한 목마름
하루에도 몇 번씩
마음을 풀었다 조였다
참선한다
또 다른 이름 위한 숙명 감내하며
위대한 황태,
날개 펄럭인다

엘리베이터

이웃집에 초상이 났다
아침마다 마주치던 그 청년
누가 그 집 앞에 조등이 걸릴 것이라고 생각했으랴
그 집은 너무도 젊었으니까
그 많은 이력서를 세상에 뿌려도 답신이 없었는데
단 한 통의 유서를 읽은 그분은 빨리도 답을 주셨다
이렇게 한 생이 급히 닫힐 줄 그도 우리도 몰랐다
스르르 문이 닫힐 때 멀거니 안을 들여다보던 그가 떠
오른다
단추 하나 누르면 원하는 곳으로 데려다주는,
먼저 발을 디미는 것이 승자의 법칙인 공간에서
닫힘 버튼마저 외면한 그의 삶

오늘 아침,
그는 위로 올라갔고
나는 아래로 내려간다

잡곡밥

"하여간 안 맞아"
아침을 차려주며 아내가 불쑥 던지는 말
그걸 이제야 알다니

한 공기의 밥알보다 더 많은 우리의 다른 점
하얀 쌀밥만 좋아하는 내 앞에
잡곡밥이 어울렁더울렁 살자며 턱을 괸다

키 큰 남자와 키 작은 여자
이과理科 남자와 문과文科 여자
꼭 닮은 반쪽 만났다며 두 손잡고
사람들 불러 모아 증인까지 세웠는데
언제부터인가 숨소리도 다르다며 등 돌린다

집을 나서는데 현관에 신발 나란히 정박 중이다
　기선만 한 280밀리 구두 옆에 자라다만 통통배 신발
하나 기대어 있다
　주머니에 넣어 다니고 싶다고 고백했던
　조가비 같은 작은 아내의 발

지금은 각질이 하얗게 얼어붙어 늘 차갑다

험한 파도에도 난파되지 않고
꼭 붙어 같은 곳을 바라보는 신발을 보며
우리가 다른 것이 아니라 나만 다른 것이 아닐까 생각
한다
아내보다 반 뼘 더 나온 내 신발처럼 번번이 앞설 줄만
알아
아내를 지치게 하는

신발을 신다 말고
식탁으로 돌아가 뜨다만 잡곡밥을 슬며시 잡아당긴다
서로 다른 얼굴의 잡곡들이 부둥켜안고 있다

기둥이 무너지다

오늘 아침
우리 집 기둥이 무너졌다
놀란 식구들은 호들갑을 떨었고
전혀 예상치 못했다는 듯
능청을 떨었다
들며 나며 한눈에 봐도
기둥은 낡아 있었다
저마다 바쁘다고 동동거리며
살비듬이 흘러내리고
척추가 휘어진 기둥을
돌아보지 않았다
수십 년 세월
인왕산 치마바위처럼
그 자리에 있을 줄 알았다며
무릎 꺾인 기둥을 붙잡고
눈물을 찔끔거렸다
전문가는 기둥이 너무 삭았다며
보수 불가능 진단을 내렸다
골다공증 어머니,
끝내 일어설 수 없었다

가난한 아침

햇살의 입술이 창문을 두드리는 아침이 슬플 때가 있다.

힐끔힐끔 쓰레기 더미를 기웃거리는 길고양이의 아침이 슬프다. 노점에 앉아 채소를 파는 할머니의 새까만 손톱 밑의 아침이 슬프다. 출근길, 전철에 올라 빈자리를 찾는 노인의 등에 매달린 배낭의 아침이 슬프다. 편의점 계산대 아르바이트생 시급만큼 졸음의 아침이 슬프다. 더 슬픈 것은 삼포자*가 되어 이불 속에 누워 갈곳이 없는 나의 아침이다.

하지만 가장 슬픈 아침은 나를 바라보는 내 어머니의 아침이다.

* 삼포자: 취업, 연애, 결혼을 포기한다는 은어

어른으로 산다는 것

아들 등록금 걱정에 화단을 서성이는데

단풍잎 하나,
걱정 말라고 등을 툭 친다

어른이 되면서 위로하는 일에만 익숙해
돌부리에 걸려 넘어져도 그것이 쉬엄쉬엄 살라는
배려였음을 생각지 못하고

이 작은 위로들을 느끼는 데 오랜 시간이 걸렸다

어른이 울고 싶을 때는 밤하늘의 별을 담고
어른이 하고 싶은 말은 여백으로 남겨 둬야 한다는 것

스스로 터득하기까지,
어쩌다 보니 어른이라 불리고 있었다

어른의 자리를 지키는 것은 제 몫을 감당해야 하는 것
인데

자식 학비 하나 해결 못 하는 내가 선 자리는
시간이 갈수록 움푹 팬다

수위

홍수로 댐 수위가 아슬아슬하다는 뉴스를 본다
댐이나 사람이나 제 그릇의 분량이 있음을 알겠다

애초부터 굴참나무와 조팝나무가 다르듯
오로지 그만큼만, 역할이 정해져 있다는 것

작은 찔레나무인 걸 알면서도
커다란 느티나무가 되고자 욕심낸 적 없었는지

가슴이 더 넓어 보이려고 키를 높이고
속 깊은 척 일부러 몸을 숙인 시간들은 없었는지

세상에게, 스스로에게의 눈속임을 반성해 본다

빠른 길만 찾아 달리다 보니
길옆의 조그마한 풀 이름 한번 물은 적 없이 살았다

발자국마다 감당치 못해 넘쳐버린 물들이
얼마나 주변을 늪게 했는지 모를 일이라는 것

오늘 내가 품고 있는 분량에 대해 생각해본다
나에게 맞는 삶이란 무엇인지

넘칠 듯 넘치지 않은 하루를 살고 있다며
스스로를 위안하는 나를 보며, 오늘 깨닫는다

내 분량의 수위가 위험하게 찰랑대고 있음을

귀

막노동하던 아버지
큰 목소리가 싫었다
지하철 안에서 거리에서
언제나 나는 멀찌감치 떨어져 있었다

굴착기로 인한 소음성 난청,
먼 훗날 철이 들었을 때
아버지는 곁에 없었다

창밖에 매미가
한낮의 고막을 찢고 목청을 높인다
들을 수 없는 매미
얼마나 외로우면 저렇게 울어댈까

아버지는 또
얼마나 많은 밤을 우셨을까

동전

'동전 나부랭이'

당신이 만들어준 내 삶의 이력이다

하찮은 동전이라고?

단지
소박한 생을 꿈꾸었을 뿐이다

누군가에게
절실한 한 개의 동전이 되어 주는 삶

세례

오늘도
비루한 삶들이 하나, 둘 문턱을 넘어선다

분명, 처음 세상에 나왔을 때는
반듯한 얼굴이었을 터

때에 절어 구깃구깃한 몸뚱이
숨죽여 모두들 무릎 꿇는다

기진맥진 고개 숙여
참회를 한다

이따금 내 탓이 아니라고
하얀 깃 곧추세워 변명도 하지만

충만한 세례 은혜에
납작 엎드려 회개한다

성소 안 뭇 생명들,

온몸을 쥐어짜며 아멘을 외친다

다시는
때 묻지 않으리라 약속한 생들이
세상 밖으로 나가 탕자가 되어 돌아오는 곳

세탁기,
오늘도 뭇 생명들 성령 세례 듬뿍 주시며
참되게 살라 하신다

닭발

감기가 찔끔대며 떨어지질 않는다고 눈꼬리에 붙은 눈
물 꾹꾹 찍어내는 어머니. 눈가의 짓무름이 눈물 때문이
아니란 것 압니다. 꾸벅꾸벅 기다림이 차곡차곡 쌓이다
가 눈꼬리에 눌어붙은 것이라는 걸.

보고 싶은 새끼들은 제 살길 바쁘다고 안부 전화 한 통
없고, 달아나려는 감기라도 잡고 있어야 할 것 같았겠지
요. 밤마다 큰애 생각, 둘째 생각, 막내 생각. 보는 이도
없는데 모로 누워 숨죽여 눈물길을 만드셨다는 걸 모를
리가요.

어머니의 목소리가 마른 백설기처럼 서걱대는 날 눈치
빠른 나는 어머니가 좋아하는 닭발을 들고 출동합니다.
하고많은 먹을 것 중에 왜 하필 징그러운 닭발이냐고.
뭐 먹을 것 있냐고 핀잔을 하면서도 어머니 마음을 얼큰
하게 풀어 줄 정성이라는 양념을 듬뿍 넣어 가지요.

오드득 오드득 닭발을 뜯는 어머니. 이참에 감기를 떠
나보내려는지 이마에 송글송글 땀까지 맺히도록 열심입

니다. 어머니를 보고 있자니 닭발이 흘깃흘깃 자꾸 나를 쏘아봅니다. 저… 눈빛…. 아! 그렇습니다. 이제야 알다니요. 저 닭발이 그냥 닭발이 아니라는 걸.

　암탉이 병아리를 품을 때 병아리를 불러 모은 저 발. 종일 쉬지 않고 땅을 파헤치며 먹이를 찾아주던 저 발이요. 어머니는 닭발로 우리를 불러 모으며 아직도 품안에 품고 계셨던 거지요.

신발 1

모양이 예뻤다
첫눈에 반했다
이리저리 살피고 신어보니
잘 맞는 것 같았다
망설임 없이 덥석 집었다

신발을 신고 첫 출근하는 날
몇 걸음 걸으니 발이 불편했다
신발이 자꾸 뒤꿈치를 물며
걸음마다 시비를 걸었다

익숙지 않은 탓이려니
신발을 부드럽게 만져주고
참고 신었지만
발에 물집이 잡히고 터지기를 몇 번
아물지 않는 쓰라린 기억만 남기고

결국 신발과 이별을 하고 말았다

너와 내가 헤어질 때도 그랬다

2부

살

발톱을 깎다가
당신이 생각났어요
툭하면 성질을 부리는
손톱깎이,
살 한 점 베어 물고
몸서리를 쳤지요
멍하니 지난 기억 좀
더듬었다고
자세가 마음에 차지
않는다고
갖가지 이유를 대며
물어뜯던 그때
당신은
영문도 모른 채
피를 뚝뚝 흘리며
미안한 듯 웃기만 했어요
당신을 돌본 것이 아니라
당신이 맡겨준 것임을
움푹 팬 자리에 앉아

아버지,
당신을 생각합니다
다시는 붙일 수 없는
살덩이,

점령군

당신이 처음 나에게 발을 디뎠을 때 미미한 점 하나라고 생각했습니다. 한 발 두 발 걸어오는 발걸음 소리를 들었을 때도 내 마음은 흔들림이 없었습니다. 아주 작은 움직임이었기에. 당신은 그렇게 걸어와 나의 빈 공간을 물 들이고 있었습니다. 그때 나는 방금 베어온 생나무처럼 단단함으로 겉만 위장했을 뿐 속은 온통 습진 같은 불안함으로 젖어 있었습니다. 당신을 느끼기 시작한 건 얼마의 시간이 흐른 뒤였습니다. 나는 여전히 초조했고 이제는 한 줌의 습기조차 없는 건조한 피부에 살비듬만 흘러내리고 있던, 바로 그때였습니다. 누군가의 손길을 의식한 겁니다. 알 수 없는 무엇인가가 자꾸 나를 어루만졌습니다. 떨쳐내려고 하면 할수록 내 품을 파고들었습니다. 어느 날, 난 드디어 당신이 누군지 알았습니다. 하지만 당신을 밀어낼 수 없었습니다. 손톱 밑에 피가 맺히도록 나를 끌어안고 있는 당신을 보았던 것입니다. 어느새 나의 온몸은 틈새 하나 없이 당신이 쓴 미래를 다짐하는 푸른 연서로 뒤덮여 있었습니다. 그렇습니다. 당신은 그렇게 내 마음을 빼앗았습니다. 오직 나의 사랑 하나만을 얻기 위한 점령군. 담쟁이, 당신은 그렇게 내 마음의 벽을 오르셨던 겁니다.

너에게

손가락을 베었다

살점 한입 베어 문 과도果刀
붉은 입술이 서늘하다

손가락 한 개 때문에
일상이 불편해졌다

작은 상처에 흔들리는 하루를 지내며

손가락이 짧다고 못생겼다고
불평했던 지난날이 미안했다

이제야 알겠다

네가 내 곁에 있을 때가
얼마나 좋았는지를

집배원이 다녀간 날

아무도 없는 집에 그가 다녀갔다

부지런하기도 하지. 발이 빠른 그를 본 적은 없지만 다녀간 흔적이 곳곳에서 발견된다. 이 양반, 오늘은 툇마루에 슬쩍 쉬었다 갔다. 구석에서 먼지가 웅성거리는 걸 보니. 텃밭에도 들렀다. 내가 촘촘히 심어 놓은 채소들을 매만지고 뿌리 깊숙이 손을 넣어 엉덩이를 토닥인 자국이 있다. 저기, 울타리 옆 나무들이 팔랑팔랑 기뻐하는 걸 보니 잎사귀 하나하나 입맞춤 해줬나 보다. 장난꾸러기, 나를 찾는다는 핑계로 부엌문도 활짝 열어 놓고 갔다. 오늘은 여유가 있었는지 뒤뜰에도 들렀다. 무슨 이야기를 뭉텅 내려놓았기에 풀잎이 까르르 자지러져 누운 걸까.

잠깐 집을 비운 사이 바람이 다녀갔다.

선

그어진 대로
똑바로 가면 되는데

머뭇머뭇
불쑥불쑥

생각이 많아

비틀비틀
중심을 잃고

가야 할 곳
있어야 할 데를 몰라

찾아 헤매는

선線
선善
선先

전화

입사시험 낙방한 날
엄마 생각이 났다
상처가 또 덧났다고
욱신거린다고
하소연하고 싶은데
대못만 박는 자식에게
아프다 말도 못하고
홀로 눈물 꾹꾹 찍을
어머니 모습에
빈 전화기에 대고
혼잣말을 한다
꺽꺽, 울음 섞인 말들이
허공을 떠돌다
시험 본 만큼
떨어지길 몇 번
혼자 무슨 짓인가
힘없이 발길 돌리는데
은행알 하나
툭, 떨어진다

전화 받은 은행나무
엄마 대신 울어주던 밤

그 이름의 무게

한 생을 살았던 남자의 몸무게가 너무 가볍다
한 점의 살도 없이 다 발라진, 육신이라 부르기도 민
망한 뼈만 남은 몸

그가 얼마나 많은 살점을 저며 주었는지 오늘에야 알
았다

얄팍하다고 왜 푸짐하게 줄 수 없냐고
살점을 물고 떼를 쓰며 조르기만 했던 시간들을 이제
야 떠올리다니

부르기만 해도 아팠을, 그 이름

골수까지 뽀얗게 우려 먹여 구멍 숭숭 뚫렸을 뼈와 낡
은 광목 같은 가죽,
그가 유일하게 챙겨가는 그의 몫이다

그 무엇으로도 잴 수 없는

아버지라는 이름

노을

저기, 저 여자

뚝
뚝
선혈이 낭자하다

품지 못한 사랑,

마지막 불덩이 하나
휩싸 안고
열두 치마폭 활짝 펼쳐

기어이
못다 한 정情 불태우는
저 질긴

한恨

그 집의 저녁

　홍은동 625번지. 산비탈에 비스듬히 서 있는 우리 집. 그 집은 언제나 어둠의 옷을 입고 있었다. 끼니 걱정에 축 처진 아버지 어깨처럼 불안한 모습으로. 그 집으로 날마다 새끼줄에 꿴 연탄 두 장이 끌려와 화형을 당했고 하얗게 혼이 나간 몸뚱이는 비탈길에 뿌려져야 온전히 세상을 뜰 수 있었다. 저녁이 하루의 시작인, 그 집의 저녁은 엄마의 행주치마가 허리 감은 손을 풀 때부터였다. 어머니가 팔다 남은 떡볶이의 빨간 웃음이 유일한 유채색인 집. 여섯 개의 목구멍이 허겁지겁 눈 뜨는 시간. 어린 동생들은 얼얼한 혓바닥을 잠재우려 배가 터지도록 물을 들이켰고 떡볶이 국물이 제일 좋다는 아버지는 매일 거친 기침과 함께 빨간 물을 토했다. 더는 아버지의 기침 소리와 어머니의 행주치마 벗는 소리를 들을 수 없는 저녁이 오리라고 생각지 못한 어린 날의 저녁이 있었다. 무채색 그 집의 저녁.

당신의 이분법

공원을 걷다가 당신과 다정히 걸어오는 강아지를 슬그머니 피해 간다. 개 목줄을 잡아당기는 당신의 눈초리가 샐쭉하다. 난, 개가 무서울 뿐인데.

짧은 치마 젖가슴 출렁이는, 소녀 아이돌에 열광하며 섹시를 부르짖는 당신. 자기 딸 드러난 허벅지에 흰자를 번득이며 소리치는 단호한 목소리 안 돼!

위층에 사는 당신. 밤낮 쿵쿵 찧는 발걸음 아래층 우리 집 배려 않으면서 오늘, 당신 윗집 문고리 잡고 싸우고 있다. 쉿, 쉿, 쉿을 외치며.

딸 가진 당신. 사윗감에게 몇 평 장만할 수 있느냐 다그치면서 자기 아들 장가보낼 때 전세밖에 못 해준다며 당당하다.

아들 군대 보내기 싫다는 당신. 아들 유학 보내며 돌아오지 말라 하고는 분단국가 대한민국 전쟁 나면 어떻게 하냐고 긴 한숨이다.

장마

꾹꾹 눌렀던 마음 오열한다

참았던 울음,
펑펑 퍼 올려
눈물이란 이런 것이라고
뼛속까지 스민 속내 콸콸 쏟아낸다

아버지를 실은 운구차 어깨 위로

유월의 하늘,
둑이 무너졌다

인천 69
— 소성주 막걸리

속내를 알 수 없는
뱃살을 출렁이며
막사발에 찌그러진 양재기
오라는 곳 어디든 마다치 않고
진득하니 들어앉아
온갖 하소연 들어주며
시답잖은 세상 이야기에
까무룩 졸다가
배꼽 휘휘 저어
일어나라 다그치면
뱃속을 뒤집어 보이며
아무 말도 듣지 못했노라
시치미 떼는,
세상에 믿을 놈 너밖에 없다며
딱 한 잔만을 외치던
소래어시장 어부 김덕팔 씨
간밤 화투판에서
물고기 판 돈 다 잃고
막걸리가 원수라며
벌컥벌컥

폐차장

바람 빠진 뒤꿈치 절룩이며
등이 굽고 연식이 오래된
폐차 한 대 들어왔다

오랜 세월 혹사했는지
여기저기 긁힌 몸
주름이 깊게 패였다

쭈빗쭈빗 불안한 눈동자,
폐차장 휘둘러보더니
고분고분 조용하다

자신의 운명을 안다는 듯
눈을 내리깔고
말없이 앉아 있다

계약서를 움켜쥔 젊은 남자,
폐차 등 한번 스윽 훑더니
손 한 번 잡아주고 문을 나선다

오늘도
요양원 앞마당에
폐차 한 대 버려졌다

메밀꽃밭에서

1.
너를 보면 눈이 아프다 나는,

하얀 분을 덧바른, 순진한 콧등 치켜들고
푸른 햇살에 헤실헤실 웃는 모습

2.
우리, 잠깐 봉평 하늘 높이 날아오른 연으로
한때 사랑 놀음인 줄 알았는데

그 사랑, 너무 깊게 간이 뱄나 봐

메밀꽃 소금 얼마나 뿌렸기에
아직도 이렇게 마음이 따가운 거니

첫사랑
그놈,

3부

형광등

하얗게 질린 낯빛
그만 좀 근심하라고

한 번에 알아듣지 못해
그만 좀 껌뻑거리라고

수명이 다하도록
활활 다 퍼주는

환한 그 빛 아래 누워

누릴 것 다 누리면서
평생 타박만 했다

어머니,
마지막 불 깜빡깜빡

손 못 놓으신다

비

낮은 데로 가야 하는 이치
태어날 때부터 알았다

고이면 썩는다는 것
흘러야 산다는 것

말갛게 비운 온몸으로
굳은살 박인 세상 마음 풀어주고

말석末席도
제 자리가 아니라고 발길을 재촉한다

더
낮은 데로
낮은 데로

뼈들의 만남

고장 난 뼈들이 모였다
처음 만난 뼈들은 낯설다고 삐걱거린다

평생 겸손할 팔자라던 폐지 줍는 할머니
한 번도 세워 본 적 없는 등뼈
세 개의 쇳조각 자존심 끼워 넣고 등을 고추 세운다

손가락 상한 뼈를 긁어내
그동안 잘못 손가락질한 죄 사함 받고
두루뭉술 붕대 감은 손으로
여전히 어딘가를 자꾸 가리키는 여인

옆 돌아볼 여유도 없이
남보다 앞서려는 본능에 일침을 가하듯
꽁무니를 받힌 교통사고 환자 목 깁스로 뻣뻣하고

갈 데 못 갈 데 구분 못 해 발 골절당한 나에게
깁스한 발이 시간을 달라고 말하는
플러스 정형외과 8병동

밤이고 낮이고 삐걱대는 소리 소란하더니
기웃기웃 옆 병실 소식 물어다 주며
뼈들은 착착 키를 낮춰 제자리를 찾아간다

어느새
삐걱대던 뼈들은 연골을 무한 생산 중이다

불통시대不通時代

새해,
우리 집 대문을 처음 두드린 시집 한 권

첫 장을 펼치니 시인이 말한다
내 말을 잘 들어 봐
ㄱ .-.-.- ? ㅅ ..--.. !
ㅊ .-.-. ㅎ ...-.- ㅋㅋ

안테나를 올리고 수신을 시작한다
지지직 뚜루뚜 뚜뚜우
또르또 지지직 또르또 뜨르?

부호를 해독하다
첫 장을 넘기지 못하고 잠이 든다

다시 집어 든 시집
사진 속 시인이 활짝 웃으며 묻는다
어때? 잘 썼지?

날밤을 새워 썼을 귀한 책,
겨우 이름 석 자만 해독한 시집을 팽개친 나는
시를 쓴다

누구든 알 수 있게
또박또박 쓴 시를 청탁지에 송신한다

ㄹ · · · ㅏ · ㅇ - · - ㅏ · ㅇ - · -?

뚜르르 뚜르르 뚜르 지이직 직직

세상은 너를 묻지 않는다

병원을 가기 위해 하루를 부른다. 커피베이를 스쳐 우체국을 지난다. 사거리에서 깁스한 팔은 저 혼자 부끄럽다. 아무도 조심성이 없다고 성질이 급하다고 나무라지 않는데 어깨끈에 매달린, 가슴에서 공손한 한쪽 팔이 자꾸 무언가를 집으려 한다.

흘끔거리는 것은 세상이 아니었음을. 나는 오히려 주변을 간섭한다. 제 볼일 위해 나무에 자전거 손발을 묶는 남자, 또 한 번 넘어질 뻔한 튀어나온 보도블록, 일차선 도로의 참을성 없는 자동차 경적을 향한 시선으로.

테라스풍의 상가 분양이라고 떠들썩하던 상점거리에서 한여름 계절의 허락도 없이 가을옷을 걸친 마네킹을 만난다. 깁스로 겹겹이 싸인 팔을 들어 그녀를 위로한다. 에어컨 앞에서 바람을 앞가슴에 주워담는 주인 여자의 눈빛에서 참견을 읽는다.

횡단보도를 건너며 하얀 붕대로 꽁꽁 동인 팔의 신경 쓰임은 잠깐일 뿐. 적색 신호등 앞에 선 양옆의 자동차

들, 그들의 관심은 오직 청신호 앞으로 날아가는 것임을
뒤늦게 간파한다.

　아무도 나를 묻지 않는 날. 나 혼자 세상이 궁금했다

우리가 사는 세상

그곳은
초록의 화음들이 무성하게 일렁이고
밤에도 불빛이 눈 감은 적 없지

내 생의 저울이 고단함으로 기울어 갈 때마다
난 거기, 그곳을 바라보며 말했어
왜 너만 행복한 거냐고

햇살마저 엉킨 실타래로 내게 던져질 때마다
언제나 네가 부러웠다 그곳은 금빛가루만 흩날렸으니까
넉넉한 체로 거른 따뜻하고 자애로운 고운 햇살

왜 나는 네가 있는 그곳에 머물 수 없는 걸까

어느 날부터인가 누군가를 보았다
그곳에서 이곳을 바라보며 우두커니 서 있는,
늘 물끄러미 이곳을 바라보는 한 사람

오늘 한 친구가 먼 여행을 떠났다

돌아올 티켓이 주어지지 않은 긴 여정

잘 웃는 친구였다는 것 외에 아는 것이 별로 없는
친구의 삶은 무척 빈곤한 생이었다고 했다

한참 후에야 알았다

그 친구가 그곳에서 늘 이곳을 바라보던 너였다는 것을

오징어

주문진에서 한 생을 만났다
이승을 온전히 떠나지 못한,

하얀 검버섯을 피운 채
납작 엎드린 몸뚱이

해풍을 견디며 죽어서라도
육신을 건지고 싶었던 이유

단지 눈부신 세상을
꿈꾸었을 뿐이라고

거짓 유혹에 몸을 던진
어리석음에 대한 스스로의 단죄

뱃속을 드러내며
오장육부까지 버렸다 한다

주문진 바닷가 오징어

형벌인양 꽁꽁 묶인 채
열 지어 풍장 중이다

비정규직 인생人生

아르바이트 끝내고
집으로 돌아가는 길

제멋대로 비바람
쌀쌀맞게 마음을 헤집는다

정류장에 줄지어 선 우산들
영역 싸움 치열하고

허겁지겁 버스에 오르니
빈자리가 하나도 없다

비좁은 통로에서
시든 풀처럼 휘청거리며

버스에서마저 밀린
삶을 생각한다

퉁퉁 부은 다리

자존심 하나로 버티며

자리를 차지한 사람들이
몹시도 부러운 날

차창의 빗물,
목구멍으로 자꾸 스민다

사춘기

고 녀석,

이제
다 컸다고 투정하더니

비바람 불던 날
드디어 가출을 했다

사과나무 아래
뒹굴뒹굴 풋사과

퉤퉤퉤!

새파란 까까머리
종일 쥐어박혔다

불청객

너는 언제나
소리 없이 찾아와
친구인 양 느닷없이 허리를 감고
코밑에 얼굴 들이밀며
안부를 묻지

잘 있었냐는
음흉한 미소에
당황하여 허둥댈 때
누런 잇몸 드러내며 웃는 너의 모습

숨 막히는 너와의 만남
대화를 거부하고 침묵해보지만
제멋대로인 네게 속수무책이다

지금,
창밖은 비상이다

미세먼지 방문이다

소주병

맑고 투명한 속살,

거짓 없어 보여
참이슬이라고요?

그대,
처음처럼 다가가도 속지 마세요

사랑해 달라고 속삭인 적 없으니
너무 탐하지는 마세요

속도를 늦추세요

함부로 다룬 죄,
뚜껑 열리면 저도 책임질 수 없어요

빈 몸뚱이로 떠나면 그만인 생生

당신 가슴에 불 지른 대가

발길 닿는 대로 구르다가

어느 처마 밑 빗물 쓸어안고
하늘 우러러 속죄할게요

수도꼭지

한번 입을 열면 쉬지 않고 떠드는데
오늘은 작동 불능이다

답답하니 말 좀 하라고
어깨를 흔들며 달래니

찔끔, 찔끔 몇 마디 하다가
뚱하니 아예 입을 닫는다

이유나 알자고
윽박지르고 하소연도 해보지만

고집이 어찌 센지
도무지 입을 열지 않는다

우리 집 활력수活力水,

아내가 묵비권 행사 중이다

뿌리

내 생의 봄,
턱을 제치고 마음껏 웃었다 가만히 있어도 새들이 날
아왔고 나는 꽃을 피웠다

내 생의 여름,
푸른 식욕들은 왕성했고 보이는 대로 움켜쥐었다 나는
다 옳았다

내 생의 가을,
두 손이 텅 비었다 세상이 노랗게 변해 있었고 발가락
이 간지럽기 시작했다

내 생의 겨울,
내게 뿌리가 없음을, 돌밭에 뿌려졌음을 처음 알았다

나는 문밖에 있었으므로

채혈

그래서
아무 일 없는 줄 알았지
그런 줄 알았지

주사기 속 가득
엉겨 붙은 저항
붉은 침묵의 시위

처방전은 붉은색 알약 하나

몰랐다 나는,

묵은 언어들이
불통의 둑을 쌓기까지

너…… 잘 있는 거니?

이 순간,
문득 왜 네가 떠올랐을까

우리,

알약 하나 삼키면

문 활짝 열 수 있을까?

4부

투견장

잘난 사람들 가득 모여
서로 맞서 으르렁댄다

빈틈 핥는 눈빛 날카롭다

적의로 가득한 눈,
기필코 이겨야 내가 산다고
절대 방어 곁눈질이다

한 번 물면 절대 놓지 않는 근성
송곳니 드러내며
달려들어 물어뜯는다

이것이 세상사는 법칙이라고

으르렁! 컹컹!
헐뜯는 소리 난무한

유세장遊說場이 시끄럽다

보약

오늘따라 눈도 침침
일에 지쳐 곰삭은 뼈마디 관절
덜거덕대는 삽자루 같은데
친구 녀석 녹용 한 재 지었다고
아침부터 자랑 전화다
풀죽은 몸 나른해 구들장 지고 있는데
우르르 손주 녀석들,
복권 당첨 같은 방문이다
"하부지" 부르는 한 마디에
용수철처럼 튀어 오르는 몸
온갖 재롱에 깔깔 웃음 한가득
벌컥벌컥 들이켰더니
온몸에 힘이 불끈불끈 솟는다

2016 시지포스

나에게 죄가 있다면
몇 겹의 근성으로 꼰 뚝심 한 가닥,
아직도 버틸 수 있다는 것

나를 사랑하는 이들에게
거짓말이 되어버린 조금만 기다려 달라는 말

날마다 몇 대 일 경쟁률을 엿보며
눈치 싸움 한 것이 교활한 것이라면,
그것이 신을 거슬리게 했다면

나약한 인간으로 두 손 들고
언제 끝날지 모르는 형벌 앞에
묵묵히 대응하는 것

오늘도 힘겹게 산꼭대기로 올린 돌이
어김없이 아래로 굴러갈 것을 알며

취업의 고지에 오르기 위해

밤새 이력서를 쓰고 입사원서를 내지만
불합격 통지서와 함께 굴러떨어져 버리는

현대판 시지포스,

취업준비생

생산

며칠째 진통이다
머리부터 발끝까지
온통 신호가 오는데
이놈,
도무지 나올 생각을 않는다
나올 듯 말 듯 감질 대다
쏙 들어가기를 반복
기다리는 사람들
시간을 오래 끌면 안 된다고
힘 좀 내보라고 성화지만
바짝바짝 피 말리는 일
겪어본 사람들만 알 일
원고 마감에 변비까지
지독한 산고産苦다

똥

마트에서
한우 50퍼센트 세일을 했다

반나절을 꼬박 줄을 서
소고기 몇 근을 샀다

난 오늘 무엇을 위해 그토록 식탐을 부렸던가

좀벌레

책장을 넘기다 마주한 좀벌레
뒤뚱뒤뚱 꽁무니 뺄 줄 알았는데
자리에 멈춰 서서 뒷짐이다

별일 아니라는 듯
무심히 다시 제 갈 길 가는
팔자걸음 뒤태가 여유작작이다

요것 봐라,
내 책을 파먹다 들킨 주제에
손톱으로 누르려다 순간 멈칫한다

서두름 없는 느긋한 저 몸짓,

좀벌레는 종이만 파먹은 것이 아니었다

과연 나는,
저 좀벌레의 삶을 한순간에
무너뜨릴 수 있는 존재인가에 대한 물음

그래,
너는 빈둥빈둥 나보다 낫다

나는 오늘도 대놓고 시간을 파먹고 있다

장마 2

사랑,

그리움이란 이름으로

한 번에 몰려와

울부짖는다

해

이른 아침,
충혈된 눈을 부릅뜬 해가 분주하다

부스스한 머리 쓸어 넘기며
하루 일정 빼곡히 적은 수첩을 들여다보고
이마에 핏줄을 세운다

등 뒤에 매달린 하루의 짐 무겁지만
넓은 어깨 힘껏 펴고 씩씩하게 나간다

배웅하는 손
힐끗 한번 뒤 돌아보고
환한 웃음 웃는다

우리 집 가장家長,

환한 빛으로 당당하게 돈 벌러 간다

흐르다

신촌 사거리를 걷는다

사람들이 강물처럼 흐르고
나도 넘실댄다

오늘, 그를 버렸다
도마뱀 꼬리는 다시 자랄 것이다

신발 뒤꿈치로
자르지 못한 기억들이 매달리며
치수를 자꾸 묻는다

눈 밑으로 길이 나기 시작하자
대책 없이 하늘이 젖어왔다

때마침, 생리가 경계를 풀었고
온몸이 함께 흐느꼈다

종일,

흐르고 흘렀다

담을 곳이 필요했다

무정란

밤새
잠 안 자고 껄떡댔는데

오르가슴만 몇 번인데

안아 주고
쓸어 주고

귓불 깨물며 흥겨웠는데

오늘도 사산이다

구겨진
詩체들 즐비하다

냉장고

네가 세상을 떠나다니

너도 나이를 먹는다는 것
미처 생각지 못했다

네 마음을 들여다본 나는
고개를 들 수가 없구나

네가 가슴에 품고 있던
이 많은 것들

마지막까지 네 삶은
오롯이 나를 위한 헌신이었다

다들 숨 거둘 때 차디찬 몸 두고 가는데
너는 온기를 남기고 떠나는구나

나도 너처럼 누군가를 위해 제 몫을 다하고
눈 감을 수 있는 사람이고 싶다

너, 참 따뜻하다

신발

이른 아침 현관에 들어서니
어머니의 신발 한 켤레
구부정히 앉아 있다

새벽기도를 다녀오셨는지
가지런히 두 발 모으고
묵상 중이다

희끗희끗 서리 앉고
주름 깊게 패인 모습으로
무릎 꿇었다

진흙이 검버섯으로 피어
못다 한 간구하듯 하늘을
우러르고 있다

삼백예순날 캄캄한 새벽
눈물 자루 무거워
뒷굽 관절이 다 닳았다

돌아오지 않는
아들 위한 기도로
온몸이 까맣게 탄 채

퉁퉁 짓무른 눈
현관문 열어 놓고
소금 꽃 하얗게 불 밝혔다

밤새 세상을 떠돌던 내 신발,
마른 잎처럼 서성이는데

발바닥 지문 사라진
어머니 신발

아랫목으로 다가와
내 신발 감싸 안는다

뭉클,

어머니 신발 곁에 앉아
두 발 모은다

그분,
때 묻은 내 신발도 받아주실까?

저녁에

너는 어디쯤에서 젖은 몸을 말리고 있을까

너를 보낸
강가에 앉아 저녁의 목덜미를 끌어안는다

턱을 괴고 물살의 어깨에 기대어 물었다
흐르지 않는 것은 무엇인가

물살이 갸웃갸웃 머리를 흔든다

네가 흘러갔듯이 머지않아 나도 흐를 것을 안다

단지, 너처럼 야박하지 않기를 바랄 뿐

저녁이 어둠의 문을 향해 서서히 계단을 오른다
강가의 나무들이 제 그림자를 지울 시간이다

식어버린 자판기 커피에 어둠의 입술이 닿는다

배고프면 먹고 마려우면 싸는
인간의 본연모습

호 병 탁(시인 · 문학평론가)

1.

한 사물이 스스로의 성격과 법칙으로 다른 사물의 영향 하에서도 변함없는 독자성을 유지하고 있는 것을 '존재'라고 말한다면 하나의 구체적인 문학작품도 존재의 하나라고 볼 수 있다. 즉 문학작품은 자체대로의 성질과 법칙을 구현하는 하나의 독립적 실체가 된다는 말이다.

이 존재는 많은 '부분'들의 특수한 결합으로 이루어진 하나의 '전체'다. 우리의 몸이 근육으로만 구성된 것이 아니라 뼈, 신경, 혈관 등 수많은 요소들의 결합으로 이루어진 것처럼 전체는 '다양'한 부분들이 하나로 '통일'된 것임으로 개체의 부분은 전체에 속하지 않는 한 무의미하다. 문학작품의 부분과 전체의 관계도 그러하다.

그런데 문학작품에서의 통일은 비슷한 사실의 결합 사

이에서만 이루어지는 게 아니다. 다양하다 못해 상호간 강한 충돌을 일으키는 요소들을 화해시키며 이루어진다. 이는 '다양 속의 통일'이라는 문학 존재론의 핵심적 원칙의 적극적 표현으로 볼 수 있지만 '충돌적 요소들의 화해' 또는 '힘겨운 통일'은 근대예술의 특성으로 간주된다.

이제 시인의 작품을 자세히 독서하며 이 문제도 좀 더 깊이 생각해보자.

햇살의 입술이 창문을 두드리는 아침이 슬플 때가 있다.

힐끔힐끔 쓰레기 더미를 기웃거리는 길고양이의 아침이 슬프다. 노점에 앉아 채소를 파는 할머니의 새까만 손톱 밑의 아침이 슬프다. 출근길, 전철에 올라 빈자리를 찾는 노인의 등에 매달린 배낭의 아침이 슬프다. 편의점 계산대 아르바이트생 시급만큼 졸음의 아침이 슬프다. 더 슬픈 것은 삼포자*가 되어 이불 속에 누워 갈 곳이 없는 나의 아침이다.

하지만 가장 슬픈 아침은 나를 바라보는 내 어머니의 아침이다.

－「가난한 아침」 전문

하루를 시작하는 아침은 희망을 갖는 시간이다. 대개의 사람들이 아침이 되면 계획한 일도 제대로 수행하고

만날 사람도 만나고 맺힌 일은 푸는 등 보람찬 날이 되기를 다짐한다. 하루가 다 지나고 나서야 이런 뜻한 바의 일들이 제대로 이루어지지 못했음을 후회하고 반성하며 슬퍼하기도 하는 것이다. 이런 시간은 아침이 아니라 지난 하루를 돌아볼 수 있는 잠자리에 드는 밤이다.

그런데 화자는 "아침이 슬플 때가 있다."고 시의 문을 연다. 이 한 행이 작품 첫째 연의 전부다. 의외의 발화에 우리는 약간은 아연한 생각과 함께 왜 아침이 슬픈 때도 있는지 궁금증이 든다. 화자는 둘째 연에서 그 궁금증을 행갈이 없는 산문형식으로 슬픈 아침들을 열거하며 풀어준다. 그리고 마지막 연에서는 다시 단 하나의 행으로 "가장 슬픈 아침"을 선언적으로 발화하며 시의 문을 닫는다. 이것이 작품의 전체 골격이다.

우리는 둘째 연을 주목할 필요가 있다. 이 연은 바로 첫째 연의 "아침이 슬플 때"를 설명하는 부분이다. 우리는 화자의 설명을 들으며 고개를 끄덕이게 된다. 그만큼 화자의 진술은 설득력이 있다. 배고파 "쓰레기 더미를 기웃거리는 길고양이"의 모습은 불쌍하다. 아침부터 "노점에 앉아 채소를 파는 할머니"의 모습도, "전철에 올라 빈자리를 찾는 노인"의 모습도, 편의점 계산대에서 졸고 있는 "아르바이트생"의 모습도 안타깝다. 더구나 아침이 되었지만 출근할 직장도 없이 "이불 속에 누워" 있는 화자의 모습은 정말 딱하기만 하다.

화자가 열거하는 '슬픈 아침'을 읽으며 우리는 쉽게 점

충적으로 상승되고 있는 화자의 정서를 느낀다. 더구나 문장에 삽입되고 있는 몇 안 되는 수식어, 비유, 보족어들은 상승하는 정서를 극대화 시키는 역할을 단단히 하고 있다. "힐끔힐끔"이란 의태어는 눈치를 보며 쓰레기를 뒤지는 길고양이의 모습을 더 여실하게 보여준다. 이제 동물의 슬픈 아침은 사람의 것으로 수위를 높여간다. "새까만 손톱 밑"이란 말에서 우리는 힘겨운 노동을 견디고 사는 할머니의 신산한 삶을 보게 된다. 출근길에 전철의 빈자리를 찾는 노인은 배낭을 '짊어진' 게 아니다. 작고 변변찮은 배낭은 달랑달랑 등에 '매달려' 있다. 오죽잖은 그것의 안에는 노인의 땀과 한숨 외에 과연 무엇이 들어있을 것인가. "노인의 등에 매달린 배낭"은 슬픈 아침을 더욱 선연하게 한다. 편의점 계산대에서 밤을 새운 아르바이트생의 아침은 졸린다. 그는 월급을 타는 게 아니다. 일한 시간을 계산하여 그 시간만큼 '시급'을 받는다. 그의 본업은 학생이다. 학비를 벌기 위해 부업으로 아르바이트를 하는 것이다. 따라서 그의 시급은 일한 시간에 비례하며 동시에 졸음에도 비례한다. 밤을 새웠기 때문에 시급은 몇 푼 더 받겠지만 그의 졸음도 그만큼 더 커진다. "시급만큼" 졸리는 아르바이트생의 아침 모습이 우리 가슴에 아프게 다가온다.

이제 슬픔은 타인이 아니라 화자 자신을 겨냥하며 정점을 향한다. 화자는 자신을 소위 "삼포자" 즉 취업, 연애, 결혼 세 가지를 포기한 사람으로 지칭하고 있다. 그러하니 아침이 되었지만 "갈 곳이 없"어 일어나지도 못하고 "이불 속에 누워" 있다. 문맥으로 보아 화자는 벌써 학교를 졸업했지만 아직 취직을 못 한 사람이다. 현역 학생이라면 편의점에서 밤새며 아르바이트라도 하겠지만, 대학까지 나온 사람이 그것도 눈치 보여 못할 짓이다. 따라서 화자는 지금까지 열거한 모든 슬픔보다 "더 슬픈 것은" 바로 자신의 아침이라고 한껏 제고된 정서를 강하게 토로하게 되는 것이다.

2.

필자는 앞에서 이 둘째 연이 '행갈이 없는 산문형식'이라고 말했다. 보기에는 산문임이 틀림없다. 그러나 천만의 말씀이다. 줄만 바꾸지 않았을 뿐 어떤 운문 못지않게 완벽한 운율을 가진 언어적 조형형식을 취하고 있다. 다섯 문장 중 앞의 네 문장에는 동일한 통사구조, 즉 '무엇의 아침이 슬프다.'라는 시구가 정확하게 같은 위치에서 반복되고 있다. 당연히 같은 음으로 구성된 시구의 반복은 완전한 리듬을 갖는 효과를 야기하게 된다.

또한 이 동일한 종지형의 '무엇'에 해당하는 어휘들은 역시 동일한 위치에서 병치倂置되고 있기 때문에 등가의 의미가 부여된다. '기웃거리는 길고양이' '할머니의 새까만 손톱 밑' '등에 매달린 배낭' '아르바이트생의 졸음' 등은 공통된 이미지, 즉 '가난한 자들의 슬픔'을 지니고 있다. 그런데 이들은 모두 '아침'이란 시간적 공간에 위치한다. 따라서 이미지의 공통 중심축은 '가난한 자들의 아침'이라 할 수 있다. 갑자기 「가난한 아침」이란 이 시의 제목이 다가선다. 시제는 바로 이 시의 주제라고 할 수 있는 '가난한 자들의 아침'을 정확하게 가리키고 있다.

다섯 번째 문장에서야 이 동일한 종지형의 반복은 약간 변형된다. 물론 앞의 네 문장에서 열거된 「가난한 아침」의 슬픔보다 화자의 아침이 "더 슬픈 것"임을 강조하기 위해서다. 그러나 '갈 곳이 없는 나' 역시 가난한 아침이 될 수밖에 없는 사람으로 앞엣것들과 동일한 이미지로 병치되고 있음을 알 수 있다.

이런 반복·병치의 언어조형은 리듬의 효과를 생성할 뿐 아니라 정서와 상상력을 배가시키는 역할을 한다. 따라서 독자들은 화자의 상승하는 정서를 함께 공유하고 공통되는 이미지와 그 의미에 대해 같이 고민하게 되는 것이다.

우리는 제목을 포함한 이 시의 조형형식과 구조를 살펴보며 얼마나 시인이 면밀한 기획 하에 작품을 깎고 다듬었는지 인지한다. 또한 우리는 이 작품의 내용과 구조를 보며 각각 저마다 다른 요소들이 어떻게 결합하여 하나의 전체로 통일되어 가고 있는지, 그리하여 그 전체는 하나의 완전한 작품이 되어 독립적 실체로 존재하게 되는지도 파악하게 된다.

우선 반복되는 동일한 통사구조 앞에 오는 어휘들을 보자. '고양이'와 '할머니'는 아무런 관계가 없다. '할아버지의 배낭'과 '아르바이트생', 물론 '갈 곳 없는 나'와도 서로 연관이 없다. 오히려 이들은 상호 이질적 개체로 느껴질 뿐이다. 이를 배낭과 할머니, 고양이와 아르바이트생으로 달리 연결해보자. 이질적이다 못해 이제는 서로 충돌할 지경이다. 그러나 저마다 다른 이들 요소들이 바로 다양성을 나타낸다. 필자는 특히 이런 이질적 사실들의 대조contrast 효과를 중시한다. 명암의 대조가 없다면 어떠한 입체감도 조성될 수 없는 것 아닌가. 서로 대조되는 요소들이 적절한 연관을 맺도록 하는 구조에 들어섰을 때, 비로소 이들은 의미 있는 단일한 단위를 형성하게 된다.

시인은 이질적인 요소들에 적절한 수식어를 부여한다. 고양이는 쓰레기 더미를 기웃대고, 할머니는 노점에 앉아 채소를 판다. 할아버지는 출근길에 전철의 빈자리를 찾고, 아르바이트생은 편의점 계산대에서 졸고, 갈 곳 없는 화자는 이불 속에 누워있다. 서로 대조되는 '다양'한 요소들은 이 수식에 힘입어 갑자기 밀접한 관계를 맺기 시작하고 '통일'되어 간다. 연결고리는 이 모든 것들이 '아침 시간'에 보게 되는 '슬픈 모습'이라는 점이다.

정확하고 규칙적으로 만들어진 '정원'과, 소나무·참나무가 멋대로 솟고 여기저기 잡초와 야생화도 섞인 '숲'이 있다. 우리는 이제 똑바로 모양을 잡은 나무와 색채

까지 일정하게 맞추어 놓은 정원보다도 다양한 식물들이 저절로 자라나 자연스럽게 이루어진 숲에 더욱 관심을 갖는다. 숲은 역동적인 생명력이 있다. 생동감 있는 다양성이 있다. 그것은 '자라는 것'이지 '만들어진 것'이 아니다. 그것은 '살아있는 형식'이다. 즉 형식은 생명이, 생명은 형식이 되고 있는 것이다.

예술작품이 바로 이와 같다. 숲이 다양한 요소들이 서로 결합하여 완전한 균형을 이루고 있기 때문에 장엄한 아름다움을 발하는 것처럼 '다양 속의 통일'의 성취는 아름다움을 추구하는 진정한 예술의 목표가 된다. 다양은 많음이고 통일은 하나가 되는 것이다. '많음'이면서 '하나'라는 패러독스의 긴장이 바로 아름다운 예술에는 깃들어 있는 것이다.

바로 위 시의 둘째 연은 이런 사실을 잘 보여주고 있다. 서로 다른 여러 상황들의 '많음'은 결국 '아침의 슬픔'이라는 '하나'로 통일되고 있는 것이다. 이는 첫째 연과 마지막 연에서도 마찬가지로 나타난다. '햇살이 창문을 두드리는 아침'과 '나를 바라보는 어머니의 아침'은 아무런 관련이 없다. 그러나 '슬픔'이라는 공통의 이미지는 두 아침 역시 적절한 연관을 갖는 구조를 만들어 낸다. 그리하여 작품 전체의 각 요소가 결합하여 '다양 속의 통일'을 성취하고 있는 것이다.

3.

정점에 오른 화자의 정서가 표출된 시는 둘째 연의 정도에서 끝이 나도 무방할 것 같다. 그러나 마지막 한 행의 짧은 연이 남아있다. 둘째 연은 행갈이를 하지 않았지만 다섯 행에 해당되는 분량이다. 다섯 행이나 되는 연과 달랑 한 행짜리 연이 연가름이자 휴지休止가 되는 '빈 곳'을 만들며 서로 마주 대하고 있다. 이 빈 곳은 독자의 심리적 휴식공간이 되어 상상력을 발휘할 수 있는 곳이기도 하지만 더 중요한 것은 연극의 막처럼 내용의 단락과 일치한다는 점이다. 즉 한 국면이 끝나고 다른 국면이 전개되는 곳이라는 말이다.

하지만 가장 슬픈 아침은 나를 바라보는 내 어머니의 아침이다.

이 연은 "하지만"이란 접속부사로 시작된다. 이 말은 앞의 진술을 뒤집어버리겠다는 뜻이 내포되어 있다. 국면이 전환되고 있는 것이다. 앞 연에서는 네 가지의 슬픔을 열거하고 "더 슬픈 것"은 갈 곳 없는 자신의 슬픔이라며 '더'라는 부사를 사용하여 화자의 슬픔을 강조하고 연을 마감했다. 그러나 마지막 연에는 '하지만'에 이어 '가장'이란 부사어가 등장한다. '하지만'이란 말은 앞 연들을 부정하고 '가장'이란 말은 '여럿 가운데 어느 것보다 더'라는 의미다. 따라서 화자의 슬픔을 포함한 앞 연의 다섯 가지 슬픔은 "나를 바라보는 내 어머니"의 슬픔에는 결코 미칠 수 없다는 말이 된다. 화자는 결국 이 말을 토로하고자 했던 것이다.

이 작품의 주제는 아들을 향한 어머니의 사랑이자 어머니를 향한 아들의 사랑이다. 앞 연의 모든 슬픔들은 결국은 이 하나의 주제를 나타내기 위해 시인이 의도적으로 선택한 소재들이다. 세상에 자식에 대한 어머니의 사랑처럼 무조건적이고 지극한 사랑은 없다. 아침이 되었어도 갈 곳 없어 누워있는 아들을 바라보는 어머니의 눈길은 연민과 슬픔으로 가득 차있다. 또한 아들은 이런 어머니의 눈길을 절감하고 있다. 그래서 "가장 슬픈 아침은 나를 바라보는 내 어머니의 아침"이라는 발화가 터지게 되는 것이 아닌가. 따라서 이 작품은 어머니에 바치는 절절한 사모곡에 다름이 아니다.

결미結尾를 장식하는 짧은 이 문장은 압권이다. 결미는 글이 작품성을 갖느냐 그렇지 않느냐를 결정하는 관건이 된다고 할 수 있다. 마무리가 제대로 안 되면 글은 용두사미 꼴이 되어버리기 때문이다. 역발상의 반전으로 모든 '슬픔의 아침'은 순식간에 '어머니의 사랑'으로 모아졌다. 이 시에 사랑과 연민을 직접적으로 표출하는 어떤 어휘도 없다. 그러나 이 마지막 구절에서 우리는 어떤 무엇보다도 사무치는 모자간의 정을 느낀다. 우리는 약간의 충격을 받는다. 그러나 이미 작품은 끝나버렸다.

대신 우리도 어머니를 생각하며 그리워하는 자신을 발견하게 된다. 잔잔한 감동의 여운이 주위에 감돈다. 독자를 감동하게 만들었다면 좋은 시다.

4.

앞의 시에서 모든 '슬픔의 아침들'은 마지막에 일순 '어머니의 지극한 사랑'으로 모아지고 있음을 보았다. 필자는 이를 '약간의 충격'이라고 말했다. 정경해의 시집에는 이런 반전으로 신선한 충격을 야기하는 작품들이 도처에 산견된다. 다음 시도 그러하다.

바람 빠진 뒤꿈치 절룩이며
등이 굽고 연식이 오래된
폐차 한 대 들어왔다

오랜 세월 혹사했는지
여기저기 긁힌 몸
주름이 깊게 패였다

쭈빗쭈빗 불안한 눈동자,
폐차장 휘둘러보더니
고분고분 조용하다

자신의 운명을 안다는 듯
눈을 내리깔고
말없이 앉아 있다

계약서를 움켜쥔 젊은 남자,
폐차 등 한번 스윽 훑더니
손 한 번 잡아주고 문을 나선다

오늘도
요양원 앞마당에
폐차 한 대 버려졌다

―「폐차장」 전문

폐차장에 "등이 굽고 연식이 오래된" 폐차가 들어오는
건 당연한 일이다. 오랜 세월 운행한 차의 몸체는 "여기
저기 긁"히고 "주름이 깊게 패였다" 이제 폐차장에 들어
온 차는 고물 덩어리로 처리되고 마는 "자신의 운명을
안다는 듯" 모든 것을 체념하고 있다. 비록 무정물인 사
물에 불과하지만 "눈을 내리깔고 말없이 앉아 있"는 차
의 모습이 측은하기만 하다. 차를 가져온 젊은 남자는
"폐차 등 한번 스윽 훑더니/ 손 한 번 잡아주고" 폐차장
을 떠나버린다.
　우리는 흔히 볼 수 있는 일반 폐차장의 전형을 보고 있
다. 그런데 여기서 눈여겨볼 점은 차가 철저히 의인화되
고 있다는 점이다. 차는 "쭈빗쭈빗 불안한 눈동자"를 하

고 주위를 둘러본다. 그리고 "고분고분 조용"하게 "눈을 내리깔고" 앉아있다. 이는 명사가 아니라 동사가 '은유'로 활용되고 있는 경우다. 차가 폐차장을 둘러보고, 눈을 아래로 깔고 있다는 말은 무생물체인 차에게 생명과 더불어 인간의 속성을 부여함으로 차의 모습을 더욱 생생하게 그려내는 표현방법이다. 차의 내부 마음까지도 엿보고 있는 것 같다. 물론 차의 등을 '훑고', 손을 '잡아 주었다'는 말도 마찬가지다.

이제 우리의 독서는 마지막 연에 들어선다. "오늘도"는 어제나, 한 달 전이나, 작년과 마찬가지로 어떤 일이 반복하여 진행될 때 쓰는 시간을 나타내는 말이다. 따라서 폐차장에는 당연히 '오늘도' 종전처럼 '폐차'가 버려지고 있다. 그런데 갑자기 '오늘도'와 '폐차' 사이에 어휘 하나가 삽입된다. "요양원 앞마당"이다. 어떤 장소를 가리키는 이 단 하나의 명사는 순간 모든 것을 바꾸어 버린다.

폐차는 바로 요양원에 '버려지는' 노인이었던 것이다. 그러나 시에는 이 노인이 할머니인지, 할아버지인지, 누구인지 일체 언급이 없다. 버려지는 사람에 대해서는 아예 한 마디로 없다. 노인이란 어휘도 필자의 유추에 의한 것이다. 맨 마지막 행의 버려지는 대상도 '폐차'일 뿐이다. 제목까지 「폐차장」이다.

이제야 우리는 왜 동사를 은유로 이용하여 폐차를 생생하게 의인화하고 있는지 그 이유를 알게 된다. 사물인

'폐차' 대신 인간인 '노인'을 대입시키면 의미의 일치가 정확하게 이루어진다. '노인'은 늙었기 때문에 등이 굽고, 절룩이고, 주름이 깊게 패여 있다. '노인'은 요양소에 끌려와 쭈빗쭈빗 불안하게 주위를 둘러보더니 이내 자신이 처한 상황을 알고 고분고분 말없이 앉아 있다. 젊은 자식은 '노인'의 손 한 번 잡아주고 요양원을 떠난다. 쓸쓸하기만 한 현 세태의 단면이 고스란히 드러나고 있다.

여기서 우리는 시인이 구사하는 특별한 비유의 한 형태를 발견하게 된다. 비유에서 표현하고자 하는 주체를 원개념, 이를 비유하는 것을 매체개념이라 부른다. 따라서 비유는 원개념, 즉 일차개념과 보조적인 매체개념, 즉 이차개념 사이에서 유추과정을 통해 유사성·인접성을 찾아내는 일에 다름 아니다. 그런데 이 두 개념 사이가 좁으면 좁을수록 비유의 신선도는 떨어지고 반대로 멀면 멀수록 비유는 신선하고 충격적이게 마련이다.

이 시에서 일차개념은 '노인'이고 이를 비유하는 이차개념이 '폐차'다. 둘은 공통적으로 늙었다는 것과 그래서 버려지게 된다는 운명적 유사성이 있다. 그런데 이 시에서 원개념은 아예 생략되어버리고 매체개념만 나타난다. 그나마 마지막의 '요양원'이라는 어휘가 없었더라면 노인이란 원개념은 영영 실종되고 말았을 것이다. 다시 말하자면 작품은 폐차장의 일상적 정황을 묘사하고 마는 것으로 끝났을 것이다. 그런데 '요양원'이란 명사는

'폐차장'을 비유하고 '폐차장'의 '폐차'는 노인과 닮았다. 따라서 '폐차'는 '노인'을 비유하게 되고 결과적으로 '요양원'이란 단 하나의 어휘는 간접적으로 원개념이 되는 '노인'을 끌어내어 비유하게 되는 것이다.

이 작품에서 원개념인 '노인'은 베일 속에 숨겨져 나타나지 않고 매체개념만으로 글이 계속된다. 독서의 마지막 부분까지 내내 우리는 폐차장만을 머리에 그리고 있다. 그렇다가 '요양원'이란 어휘가 갑작스레 등장하고 나서야 우리는 노인들이 처한 각박한 현실을 깨닫고 충격을 받는다. 이런 극적인 결미는 신선하고 호소력 또한 더 강하다.

5.

앞에서 보는 것처럼 급격한 형세의 바뀜으로 야기되는 반전은 정경해 시의 큰 특징이다.

거리에 "성자 한 분"이 있다. 지나가던 사람들이 알맹이는 빼 먹고 껍데기만 주어도 그는 "고맙게 받는다" 취객이 다가와 육두문자를 토해내도 "두 손으로 공손히 받는다" 인심 쓰듯 너덜너덜 던져주는 것들 "묵묵히 받으며 군소리 하나 없다" "굽은 등 웅크"리고 길거리에 앉아있는 그는 정녕 성자임이 틀림없다. 그런데 그는 "쓰레기통"이다.(「성자」)

"오늘도/ 비루한 삶들이 하나, 둘 문턱을 넘어선다" "때에 절어 구깃구깃한 몸뚱이"들이 들어와 모두 "무릎 꿇는다" "성소 안 뭇 생명들"은 충만한 은혜에 "납작 엎드려 회개"하고 "아멘을 외친다" 이곳 성소는 "다시는/ 때 묻지 않으리라 약속한 생들이/ 세상 밖으로 나가 탕자가 되어 돌아오는 곳"이며 오늘도 성령으로 "세례 듬뿍 주시며/ 참되게 살라"고 가르치는 곳이다. 이곳 성소는 과연 어디란 말인가. 놀랍게도 "세탁기"다.(「세례」)

'성자'나 '성소'는 종교적 분위기가 감도는 격조 높은 어휘들이다. 시인은 실제로 글 전체에서 거리의 성자와 세례를 주는 성소의 모습을 자세히 묘사하고 있다. 그러나 작품 마지막 부분에서 엉뚱하게도 '성자'는 '쓰레기통'으로, '성소'는 '세탁기'로 뒤집힌다. 전후 어휘는 상식적으로도, 논리적으로도 천양지차다. 그러나 극과 극은 통하기도 한다. 절정에 달한 여인의 얼굴은 '행복'한 웃음 대신 '고통'당하는 것처럼 찌그러진다. 이처럼 상극처럼 보이는 것들도 절묘하게 의미를 공유할 때가 있는 것이다. 쓰레기통은 겸손하고 온유하게 모든 더러운 물건들을 묵묵히 받아드린다. 세탁기는 세상의 때에 더러워진 모든 옷가지들을 '충만한 물의 세례'로 깨끗하게 해준다. 따라서 '성자'는 '쓰레기통'과, '성소'는 '세탁기'와 등가의 의미를 공유하게 되고 의외로 각각의 어휘들은 자연스럽게 서로 연결되고 있다. 여기서 통렬한 아이러니가 작동하게 된다.

한번 입을 열면 쉬지 않고 떠드는데
오늘은 작동 불능이다

답답하니 말 좀 하라고
어깨를 흔들며 달래니

찔끔, 찔끔 몇 마디 하다가
뚱하니 아예 입을 닫는다

이유나 알자고
윽박지르고 하소연도 해보지만

고집이 어찌 센지
도무지 입을 열지 않는다

우리 집 활력수活力水,

아내가 묵비권 행사 중이다
                              —「수도꼭지」전문

　　현대의 문학연구자들은 아이러니에 큰 관심을 갖는다.
아이러니는 역설·패러디·풍자·복선伏線·동음이의
어·과장·축소·대조·소크라테스가 쓴 문답법·불합
리에 근거한 농담·조롱·조소 등 광범위한 영역을 가

지고 있다. 우리가 독서하며 작품을 분석할 때 바로 이런 아이러니들이 작품 안에서 어떻게 작용하는지 찾아내는 일이라고 해도 과언이 아닐 지경이다.

위 인용시를 포함하여 지금까지 읽은 정경해의 시편들은 모두 강한 아이러니를 내포하고 있다. 상식적이고 과학적인 인과관계의 의도적 일탈로 어떤 현상을 생소화함으로 사물을 더욱 인식 가능하게 하기 때문이다.

수도꼭지를 틀면 물은 "쉬지 않고" 나온다. 우리는 이것을 당연한 것으로 여긴다. 그러나 어느 날 작동 불능이 되어 수도꼭지의 "어깨를 흔들며" 달래 봐도, "윽박지르고 하소연" 해 봐도 물은 "찔끔, 찔끔" 몇 방울 나오다말 때도 있다. 여간 답답한 게 아니다. 이때 우리는 그흔했던 물이 얼마나 중요하고 고마운 존재였던 것인가를 새삼 깨닫게 된다. 너무나도 당연한 일이 당연하지않을 때 그에 대한 우리의 지각은 아주 새롭게 반응하게되는 것이다.

이런 일은 "아내가 묵비권 행사"할 때도 마찬가지다. "한번 입을 열면" 계속 떠들던 사람이 웬일인지 "뚱하니아예 입을 닫"아 버린다. 화자는 아내의 말이 바로 "집안의 활력수"였음을 비로소 깨닫는다. 역시 위 시에도 마지막에서 '아내'가 등장하고 기이하게도 아무 상관 없는 '수도꼭지'와 '아내'는 연관을 맺는다. 강한 아이러니가발생한다. 그렇다. 수도꼭지는 식구가 마시고 사는 '물'을 대주었고, 아내는 식구의 활력이 되는 '물'을 대주고 있었던 것이다.

마트에서
한우 50퍼센트 세일을 했다

반나절을 꼬박 줄을 서
소고기 몇 근을 샀다

난 오늘 무엇을 위해 그토록 식탐을 부렸던가
— 「똥」 전문

　마트에서 한우 반값 세일을 했고 화자는 "반나절을 꼬
박 줄을 서" 겨우 "소고기 몇 근을 샀다" 이것이 작품에
담긴 서사 전부다. 그리고 '왜?' 줄까지 서가며 고기를
사려 식탐을 부렸는지 스스로 묻고 있다. 물음만 있을
뿐 답은 어디에도 없다. 이미 시인은 시의 매듭을 묶어
버렸기 때문이다.
　그러나 정확한 답이 있었다. 그것은 바로 이 시의 제
목 「똥」이다. 결국 "무엇을 위해"에 대한 답은 '먹고 똥
싸기 위해'서이다. 우리는 이 놀랍고도 어처구니없는 답
에 머리를 친다. 그러나 확실하게 맞는 말이다. 우리는
살기 위해 먹는다. 그리고 먹은 것은 똥으로 배설한다.
이는 맞는 말 정도를 넘어 단순한 만고의 진리다. 아이
러니가 작렬한다.

'꼬박 반나절이나' 길게 줄을 섰다는 다소 과장된 발화에서 우리는 이미 아이러니가 생성되고 있음을 감지할 수 있었다. 그러나 시인은 왜 그런 행동을 해야 했는지에 대한 답을 시의 제목에서 견인함으로 결정적인 아이러니를 만들어 내고 있다.

어찌 보면 배고프면 먹고 마려우면 싸는 것이 인간의 본연 모습이다. 자연 청정한 본성이다. 시인은 해탈이나 피안 세계를 언급하지 않는다. 시인은 현세당하here and now의 소시민적 행복과 발전이야말로 삶의 도리의 출발점이자 귀결점으로 간주하고 있는 것이다.

결론적으로 시인은 자신만의 독특한 어법으로 우리가 당연시하고 간과하고 있던 사물에 대한 감각을 생생하게 회복시키고, 삶에 대한 인식과 지각 또한 적극적 의미로 새롭게 갱신시키고 있다. 그리하여 우리의 존재에 대해 다시 성찰하게 하는 계기를 마련하고 있는 것이다.

6.

심도 있게 다뤄보고 싶어 표시해 놓은 시편이 수두룩하다. 그만큼 좋은 작품이 많았다는 얘기다. 그러나 한 편이라도 제대로 읽어내야겠다는 욕심에 말이 길어지게 되었고 결국 네 편의 작품밖에 읽지 못했다. 「닭발」「점령군」「우리가 사는 세상」 등과 같은 시를 다루지 못해

아쉽다. 그럼에도 위와 같은 방식으로 다른 시편들도 읽는다면 별 대과는 없을 것 같다. 앞으로도 "밤새/ 잠 안 자고 껄떡"대며 '오르가슴도 몇 번씩' 느끼며 계속 "詩체들"(「무정란」)을 생산해 줄 것을 부탁드린다.